150 idées pour emmerder le monde

Contactez l'auteur et retrouvez tous ses livres sur :
www.gaulet-livres.com

ISBN : 978-2-7540-4692-3
Dépôt légal : mars 2013
Imprimé en Italie

Illustration de couverture : Gabs
Mise en page couverture : Maxime Gabillet
Mise en page intérieure : les PAOistes
Correction : Anne-Lise Martin

Éditions First, un département d'Édi8
12, avenue d'Italie
75013 Paris
Tél : 01 44 16 09 00
Fax : 01 44 16 09 01
E-mail : firstinfo@efirst.com
www.editionsfirst.fr

Laurent Gaulet

150 idées pour emmerder le monde

FIRST Editions

AVERTISSEMENT AU LECTEUR

La loi punit les crimes d'une peine d'emprisonnement de 15 à 30 ans et les délits de 2 mois à 10 ans, ainsi que d'une amende d'au moins 3 750 euros. Les contraventions sont, quant à elles, punies d'une amende pouvant atteindre un maximum de 1 500 euros...

Et les incivilités, me direz-vous ?

Celles que commettent chaque jour les malpolis, les grossiers, les chieurs, les discourtois et les emmerdeurs ? Eh bien... rien ! Figurez-vous que l'on ne condamne pas un emmerdeur. Alors... en veillant à rester dans le respect de la loi, ce qui n'est peut-être pas le cas de toutes les idées qui suivent, profitez-en ! Et sans modération !

Emprunter un stylo à un collègue et le lui rendre mordillé au bout avec encore un peu de salive dessus...

Marcher sur les pistes cyclables.

Remplir un Caddie jusqu'en haut,
puis l'abandonner dans le rayon
du supermarché.

Porter des chaussures à talons en guise de chaussons quand on habite un appartement et que l'on a du parquet ou du carrelage chez soi.

Répondre à une petite annonce pour l'adoption de chatons et demander le temps de cuisson conseillé par le propriétaire.

Inverser les contenus de la salière et de la sucrière chez des amis ou à la cantine.

Appeler le plombier pour un dépannage urgent en donnant le nom et l'adresse d'un voisin.

Un string à la main, apostropher une inconnue au bras de son compagnon en lui disant : « Tiens, tu as oublié ce string chez moi ! »

Se promener avec
un parapluie ouvert
quand il fait beau
pour se faire de la
place sur les trottoirs.

Aller dans un Quick et commander... un Big Mac !

Courir sur une plage bondée de manière à envoyer du sable sur tout le monde !

Couper l'électricité pendant que son conjoint est aux toilettes ou en train de se sécher les cheveux.

Marcher dans toutes
les merdes de chien
avant de se rendre
chez quelqu'un ou
de monter dans sa
voiture !

Dans le train, faire jouer toutes les sonneries disponibles de son téléphone portable.

Retirer méthodiquement les étiquettes de prix de tous les produits avant de passer en caisse !

Enduire tous les interrupteurs des toilettes de son entreprise avec du yaourt au chocolat...

Chercher absolument à faire l'appoint quand on sait que l'on ne peut pas.

Imiter quelqu'un et répéter tout ce qu'il dit !

Éternuer dans l'assiette de quelqu'un !

S'entêter à essayer de passer un ticket usagé aux tourniquets du métro, dans un bus, à la caisse d'un parking...

Traverser très lentement aux passages piétons sans remercier le conducteur qui s'est courtoisement arrêté et refaire ses lacets au milieu de la chaussée !

Déposer cinq boîtes de préservatifs dans le Caddie d'une maman avec ses trois enfants juste avant qu'elle ne passe en caisse.

Prendre les contraventions sur les pare-brise des voitures pour les mettre sur d'autres véhicules correctement stationnés.

Sonner à toutes les portes en marchant dans la rue, si possible la nuit...

Demander que quelqu'un se lève pour laisser s'asseoir une personne âgée… qui ne l'est pas du tout !

Supplier un chauffeur de bus pour qu'il rouvre les portes et lui dire au moment de monter : « Ah ben non, je m'suis trompé de bus ! »

Disputer une partie
de raquette sur la plage
au-dessus d'une personne
allongée.

Se garer à cheval
sur deux places de
parking !

Dans le bus, appuyer sur le bouton « Arrêt demandé » sans avoir l'intention de descendre.

Tenter de passer
tantôt à gauche,
tantôt à droite d'un
passant pressé afin
de l'obliger à s'arrêter.

Dans une salle
d'attente où règne le
silence, faire claquer
ses ongles.

Monter dans le métro avant que les autres ne soient descendus.

À la cantine, chez des amis… se moucher dans sa serviette de table !

Roter sur quelqu'un
après avoir mangé du
saucisson à l'ail.

Se garer trop loin de la caisse automatique de l'autoroute de manière à devoir descendre pour payer.

Avant de faire un barbecue, observer le sens du vent de manière à enfumer ses voisins !

Péter avant de sortir d'un ascenseur !

Donner des chiffres
à voix haute et
au hasard à une
personne qui est en
train de compter...

S'asseoir seul à un arrêt de bus pour contraindre ce dernier à s'arrêter ; se lever et poursuivre son chemin lorsque le chauffeur a ouvert les portes.

Au cinéma, jouer bruyamment avec les papiers d'un paquet de bonbons.

Stationner devant une place qui vient de se libérer sur le parking bondé d'un supermarché le samedi avant Noël, de manière à empêcher les automobilistes de s'y garer, en prétextant que la place est réservée...

Retirer le papier hygiénique des toilettes de son lieu de travail et ne laisser qu'une feuille dépasser pour faire croire qu'il en reste.

Faire du stop pour...
demander l'heure !

Commander une pizza en demandant que l'on écrive « bon anniversaire » avec les anchois.

Dire à une mère que son petit-fils est très mignon et qu'elle doit être une grand-mère comblée !

S'asseoir à côté
de quelqu'un dans
le métro, péter et
changer de place.

Marcher au milieu du trottoir et contraindre ceux que l'on croise à faire un écart pour passer.

Couper l'arrivée d'eau lorsque son conjoint est en train de se laver les cheveux.

Disposer une feuille de Cellophane sur la cuvette des toilettes publiques !

Parler en imitant l'accent belge.

Téléphoner tout en croquant et mâchant bruyamment une pomme.

S'incruster au milieu des longues files d'attente...

Échanger les paillassons de palier de ses voisins.

Cacher le paquet de cigarettes d'un fumeur.

Entrer dans une cabine d'essayage et, au bout de quelques minutes, appeler une vendeuse pour lui demander : « Y'a plus de PQ ? »

Apprendre à ses enfants
à toujours répondre
au téléphone et à
systématiquement demander :
« C'est de la part de qui ? »
puis « C'est pour quoi ? »

Marcher de plus en plus
doucement devant quelqu'un
jusqu'à ce qu'il veuille
dépasser, puis... accélérer !
Ralentir ensuite de nouveau...

Prendre les escalators
à l'envers, si possible
avec des bagages.

Se glisser dans une file d'attente devant un cinéma pour raconter le film à l'affiche, en commençant, de préférence, par dévoiler la fin.

Reculer d'une heure les horloges de son lieu de travail.

Rater volontairement son créneau une dizaine de fois afin de créer un bel embouteillage.

Sortir le doigt de son nez juste avant de serrer la main à quelqu'un !

Dissocier tous les produits vendus par lot pour les acheter à l'unité.

Passer la tondeuse, de bonne heure, tous les dimanches matin.

Passer à une caisse de supermarché avec un Caddie plein à craquer et au moment de payer… dire que l'on a oublié son porte-monnaie !

Au cinéma, éclater de rire pendant toutes les scènes tristes.

S'entêter à appeler une femme
« monsieur » ou un homme
« madame ».

Enlever ses chaussures en société quand on a la chance de sentir des pieds...

Coller son chewing-gum
dans le trou d'une serrure !

Coller sur la boîte aux lettres de son voisin un papier sur lequel on écrit : « A déménagé, ne plus mettre de courrier dans cette boîte. Merci. »

Ne répondre à un bonjour que par un petit signe dédaigneux de la tête.

Renverser un seau d'eau
sur un vacancier qui bronze
paisiblement et lui demander
de bien vouloir excuser son
enfant pour sa maladresse.

S'amuser à appuyer sur les touches de son téléphone pendant que le correspondant parle.

Ralentir au maximum
à l'approche d'un
feu vert de sorte
que le moins
d'automobilistes
possible puisse passer.

Lors d'un passage en caisse, diviser ses courses en quatre en prétextant avoir besoin de quatre notes séparées.

Rire bêtement à tout ce que dit une personne...

Dérégler les couleurs du poste de télévision des amis chez qui on est invité.

Sur le parking bondé d'un centre commercial, s'approcher d'une voiture qui n'est pas la sienne en sortant ses clefs pour faire croire qu'on va libérer une place.

Mettre son doigt dans l'oreille de quelqu'un...

Saler un café.

En voiture, imiter le GPS durant tout un parcours lorsque l'on est passager.

Au cinéma, obliger tout le monde à se lever pour aller s'asseoir à l'autre bout d'une rangée... pourtant accessible par l'autre côté.

Au téléphone, éternuer et tousser dans l'oreille de son correspondant !

En voiture, rouler dans
les flaques d'eau pour
éclabousser les piétons !

Demander au serveur d'un restaurant d'expliquer comment est préparé chaque plat de la carte et, au final… commander un steak-frites !

Couper l'eau chaude (ou ouvrir tout grand un robinet d'eau chaude) pendant que son conjoint se douche...

Ouvrir et fermer très lentement une porte qui grince…

Prêter un roman policier à quelqu'un en ayant pris soin d'arracher les dernières pages.

Asperger de parfum féminin un inconnu que l'on croise dans la rue.

Inscrire une personne, grâce à son adresse mail, à toutes les newsletters du web !

Simuler un double appel téléphonique pour mettre quelqu'un en attente et chronométrer le temps qu'il patientera avant de se décider à raccrocher !

Raconter une très longue histoire drôle et... faire semblant d'avoir oublié la fin !

Arroser quelqu'un avec un pistolet à eau rempli d'huile.

Tenir la porte ouverte
à quelqu'un qui est
encore loin pour qu'il
se presse... et la lâcher
juste devant lui !

Faire sonner le téléphone de quelqu'un et raccrocher.

Demander un stylo à un collègue, se gratter le fond de l'oreille avec, et le lui rendre immédiatement après.

Offrir aux enfants de ses amis des Kinder Surprise que l'on aura méticuleusement ouverts et refermés pour en retirer la surprise !

Sortir de sa voiture
au niveau de la caisse
automatique d'une autoroute
pour chercher de l'argent
dans le coffre et faire le fond
de ses poches.

Faire croire à un serveur qu'il a gagné un bon pourboire en réglant par chèque et en laissant en évidence un billet de 10 euros dessus. Billet qui viendra en fait en complément du chèque pour atteindre le montant de l'addition !

Faire une bombe juste à côté d'une vacancière qui, manifestement frileuse, a du mal à entrer dans l'eau.

Tourner la tête lorsque quelqu'un parle, pour feindre de ne pas vouloir sentir son haleine.

Faire semblant de ne rien comprendre et demander sans cesse : « Ça veut dire quoi ? »

Pour un homme, serrer la main à quelqu'un directement après avoir uriné, sans passer par le lavabo...

Transférer systématiquement tous ses mails publicitaires à une personne.

Enregistrer un message sur votre répondeur téléphonique où, pendant une vingtaine de secondes, vous faites croire que vous n'entendez pas votre correspondant.

Dans un McDo, demander à la caissière la composition de chacun des hamburgers avant de passer commande.

Mâcher bruyamment un chewing-gum la bouche grande ouverte.

Claquer violemment la porte d'un endroit où règne le silence...

Frapper à la porte des toilettes d'un train en disant : « Contrôle des billets, sortez, s'il vous plaît ! »

Parler face à quelqu'un en lui postillonnant dessus.

Inverser les capuchons de couleur des stylos de ses collègues, accrocher tous leurs trombones ensemble, casser les mines de leurs crayons...

Relever et corriger toutes les fautes de français de la personne qui nous parle.

Tousser sur les gens quand on est malade, sans mettre sa main devant sa bouche.

Sortir trois cartons de photos de famille pour les montrer aux amis que l'on a invités à dîner et qui s'apprêtaient à partir.

Bâiller d'ennui quand on nous parle.

Toujours tout faire répéter deux fois en disant : « Hein ? »

Tendre un verre à quelqu'un en faisant tremper ses doigts dedans et dire que l'on a une gastro carabinée !

Inverser le sens des piles d'une télécommande.

Plomber une bonne ambiance en parlant de la maladie, du cancer, de la mort...

À la plage, secouer sa serviette tous les quarts d'heure, et dans le sens du vent, de manière à envoyer du sable à tous les vacanciers autour.

Au bureau, chez des amis... ne pas tirer la chasse d'eau après avoir fait la grosse commission !

En montant dans un ascenseur, appuyer sur les boutons de tous les étages.

Révéler toute la vérité sur le Père Noël aux enfants de ses amis.

Céder sa place assise à une femme sous prétexte qu'elle est enceinte… alors qu'elle ne l'est pas.

Profiter d'un arrêt à la caisse d'un péage sur l'autoroute pour sortir de son véhicule afin de se dégourdir les jambes et de faire quelques étirements !

Agrafer ensemble
toutes les feuilles
posées sur le bureau
de son collègue.

À la plage, planter son parasol devant quelqu'un pour lui cacher la mer et ne jamais s'installer dessous.

Se servir avec des mains très sales directement dans le plat.

Fumer dans les lieux publics, souffler sa fumée de cigarette sur quelqu'un...

Condamner l'accès à ses toilettes lorsque l'on a des invités à la maison.

Passer en boucle un CD de Frank Michael ou de Patrick Sébastien lorsque l'on a des invités à la maison.

Faire croire à un inconnu que l'on se connaît.

Renverser du vin rouge sur une robe blanche, une jolie nappe, une belle moquette...

Rouler 30 Km/h en dessous des vitesses autorisées.

Faire parler une heure un démarcheur téléphonique sans rien lui acheter.

Chanter une chanson bien pénible (ex. : *Le Petit Bonhomme en mousse*) jusqu'à ce que tout le monde ait l'air dans la tête.

Déplacer le Caddie d'un client du supermarché dans un autre rayon.

Essuyer ses crottes de nez sur la table.

Parler avec un ami imaginaire.

Recouvrir de sable les serviettes des vacanciers qui se baignent.

Composer un numéro de téléphone au hasard, demander au correspondant quel est son numéro, s'excuser, raccrocher et... recommencer !

Réserver une table de six au restaurant, pour manger seul en prétendant que les autres vont arriver.

Chez des amis, changer l'heure de leur radioréveil...

Ne jamais être d'accord,
toujours affirmer le contraire
de ce que l'autre dit.

Profiter d'une mauvaise haleine pour demander un renseignement à un policier.

Vider sa chasse d'eau et couper l'arrivée d'eau avant qu'un invité ne se rende aux toilettes...

Faire grincer sa fourchette dans son assiette.

Faire des trous avec une perceuse dans les murs de son appartement, de bonne heure, tous les dimanches matin.

Ne pas essuyer ses chaussures mouillées avant d'entrer chez quelqu'un.

Faire semblant de dormir dans les transports en commun et... ronfler fort !

Planquer les clés de voiture d'une personne pressée de partir.

Jeter un seau d'eau sur les bougies d'un gâteau d'anniversaire.

N'inviter à dîner les mordus de sport que les soirs de grands événements sportifs télévisés.

Téléphoner tous les jours à une agence d'intérim pour demander si on recherche : un enfonceur de portes ouvertes, un grand chef indien, un candidat à la candidature, un metteur de points sur les *i*, un donneur de leçons, un contrôleur du sens du vent, un membre du jury, un dresseur de poisson rouge, un observateur du temps qui passe, un testeur de lit, un gardien du temps, un traducteur du langage des chiens pour les chats, un empêcheur de tourner en rond, un chercheur d'œufs de Pâques, un repasseur de tôle ondulée...

Payer en toute petite monnaie.

Faire semblant que la caisse automatique du péage de l'autoroute ne fonctionne pas et passer la marche arrière pour faire reculer tout le monde.

Se moucher grassement lorsque d'autres mangent des huîtres !

Commencer une phrase et…

TEST :

Êtes-vous un emmerdeur ?

❶ **Une dame âgée se dirige vers la caisse du supermarché. Elle est devant vous, son Caddie est plein...**

A - Vous la laissez passer et l'aidez à vider son Caddie sur le tapis roulant.

B - Vous ralentissez pour la laisser passer.

C - Vous pressez le pas pour passer devant.

D - Elle n'est pas prioritaire puisqu'elle n'est pas totalement engagée dans la file d'attente.

E - Vous lui indiquez une caisse libre qui est en fait fermée...

F - Vous la laissez passer et en profitez pour regarder le numéro de code de sa carte bancaire.

❷ Vous êtes dans un bus. Une femme enceinte monte et ne trouve pas de place pour s'asseoir…

A - Vous étiez debout, car vous ne cherchez pas à vous asseoir lorsqu'il y a beaucoup de monde.

B - Vous vous levez spontanément pour lui proposer votre place.

C - Vous faites semblant de dormir.

D - Des places sont réservées aux femmes enceintes. Lorsqu'elles sont déjà occupées, la personne la plus proche doit céder sa place.

E - Vous vous levez en la regardant et en lui adressant un large sourire, puis vous vous rasseyez.

F - Comme elle ne pourra pas vous courir après, vous lui arrachez son sac et vous vous enfuyez avant que les portes ne se referment.

❸ Sur l'autoroute, alors que vous doublez à 130 Km/h, un véhicule vous fait des appels de phares pour que vous vous rabattiez et le laissiez dépasser...

A - Vous l'aviez vu arriver de loin et vous étiez déjà en train de vous rabattre.

B - Vous vous rabattez et le laissez passer.

C - Vous vous rabattez, puis vous accélérez pour qu'il ne vous double pas.

D - Vous roulez à la vitesse maximum autorisée, ce véhicule n'a donc pas à vous doubler.

E - Vous ralentissez à 90 Km/h avant de vous rabattre lentement.

F - Vous freinez brutalement pour lui faire peur, puis vous accélérez pour faire la course avec lui.

❹ Vous devez vous lever à 6 h 30 et ne pouvez pas dormir, car vos voisins ont organisé une fête...

A - Vous ne dites rien. Une fois de temps en temps, ce n'est pas si grave...

B - Vous vous levez et sonnez à leur porte pour leur demander de baisser le volume de la musique.

C - Vous attendez le lendemain soir pour en faire autant.

D - Vous appelez la police pour porter plainte et exiger qu'on les embarque au poste.

E - Vous allez les voir pour leur demander de ne pas faire de bruit, car vous et votre famille êtes en train de veiller votre grand-mère qui est décédée.

F - Vous descendez dans la rue afin de rayer leur voiture.

RÉSULTATS

Si vous avez obtenu un maximum de réponses...

A - Vous êtes **MAGNANIME** et subissez les incivilités des autres. Vous avez acheté ce livre chez votre libraire et avez refusé qu'il vous rende la monnaie. Ce livre vous a même fait pleurer...

B - Vous êtes un être très **CIVIL** et ce livre vous a choqué.

C - Vous êtes **INCIVIL**, un chieur de la pire espèce. On vous a prêté ce livre et vous ne le rendrez pas à son propriétaire.

D - Vous êtes totalement **IGNORANT** de la loi et un vrai casse-bonbons. Vous avez lu ce livre chez votre libraire sans l'acheter.

E - Vous êtes un **EMMERDEUR** ! Vous avez sûrement essayé de négocier le prix de ce livre.

F - Vous êtes un **DÉLINQUANT** et avez certainement volé ce livre !